하루
한 절 ― 성경 캘리
Bible calligraphy

감사의

마음을 담아

님께,

드립니다.

수채화와 손글씨로 마음에 새기는 말씀 101

하루 한 절 성경 캘리

초판 1쇄 발행 2020년 12월 30일

지 은 이   이소 김영선
펴 낸 이   한승수
펴 낸 곳   티나

편   집   구본영
마 케 팅   박건원
디 자 인   박소윤

등록번호   제2016-000080호
등록일자   2016년 3월 11일

주   소   서울특별시 마포구 연남동 565-15 지남빌딩 309호
전   화   02 338 0084
팩   스   02 338 0087
E-mail   hvline@naver.com

I S B N   979-11-88417-24-7 03810

•책값은 뒤표지에 있습니다.
•잘못된 책은 구입처에서 교환해드립니다.

하루 한 절—성경 캘리

Bible calligraphy

이소 **김영선** 지음

수채화와 손글씨로 마음에 새기는 말씀 101

티나

온전히 혼자 있는 시간은 하루 중에 참 귀한 순간이죠. 저는 조용한 공간에서 혼자 집중하며 종이에 무언가 끄적이는 것을 좋아합니다.

마음에 담아 둔 좋은 글을 적거나 하루의 계획 혹은 앞으로의 꿈을 적어 보기도 합니다. 기도를 글로 적기도 하는데, 그럴 때에는 성경을 펼쳐 두고 말씀을 읽으며 마음에 와닿는 구절을 따로 메모하죠.

"태초에 말씀이 계시니라
이 말씀이 하나님과 함께 계셨으니
이 말씀은 곧 하나님이시니라."

요한복음 1장 1절

하 루
한 절   성 경 캘 리
Bible calligraphy

그렇게 저는 힘이 있는 말씀을 통해 마음의 평안을 얻으며, 매일 한 절씩 말씀을 쓰면서 묵상하고 말씀대로 하루를 살아가길 소망합니다.

이 책은 여러분과 함께 말씀을 쓰고, 함께 묵상하길 바라는 마음으로 집필하였어요. 제가 쓴 캘리그라피를 붓펜과 같은 다양한 필기도구를 이용해 연습 노트에 충분히 연습한 다음 책에 차근차근 옮겨 적어 보세요.

제 글씨와 똑같이 쓰려고 노력하지 않아도 됩니다. 말씀을 쓰는 것에 더욱 집중하는 것이 중요해요. 말씀을 적으며 기도와 소망을 담아 자신만의 묵상집을 만들어 보세요.

이 책을 통해 제 마음을 전달받은 여러분 모두의 삶에 온기가 가득하길 기도합니다.

이소 김영선

C O N T E N T S

하루
한 절 — 성경 캘리
Bible calligraphy

2장

내 마음을 다 아시는 주님 – 위로와 치유

3장

나의 선한 목자이신 주님 - 인도와 보호

하루
한 절 — 성 경 캘 리
Bible calligraphy

4장

나의 빛과 구원이신 주님 - 찬양과 경배

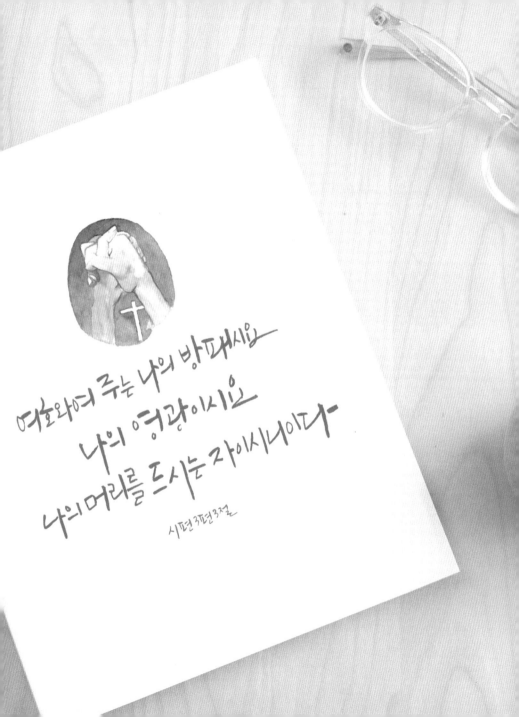

1장

나의 손을 잡으시는 주님

은혜와 감사

로마서 5:8

우리가 아직 죄인 되었을 때에
그리스도께서 우리를 위하여
죽으심으로
하나님께서
우리에 대한
자기의 사랑을
확증하셨느니라

로마서 5장 8절

로마서 5:8	우리가 아직 죄인 되었을 때에 그리스도께서 우리를 위하여 죽으심으로 하나님께서 우리에 대한 자기의 사랑을 확증하셨느니라
Romans 5:8	But God demonstrates his own love for us in this: While we were still sinners, Christ died for us.

로마서 5:8

Romans 5:8

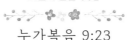

누가복음 9:23

또 무리에게 이르시되
아무든지 나를 따라오려거든
자기를 부인하고
날마다 제 십자가를 지고
나를 따를 것이니라

누가복음 9장 23절

누가복음 9:23   또 무리에게 이르시되 아무든지 나를 따라오려거든 자기를 부인하고
날마다 제 십자가를 지고 나를 따를 것이니라

Luke 9:23   And he said to them all, If any man will come after me, let him
deny himself, and take up his cross daily, and follow me.

누가복음 9:23

....
....
....

Luke 9:23

....
....
....
....

요한복음 14:6

예수께서 이르시되
내가 곧 길이요 진리요 생명이니
나로 말미암지 않고서는
아버지께로 올 자가 없느니라

요한복음 14장 6절

| 요한복음 14:6 | 예수께서 이르시되 내가 곧 길이요 진리요 생명이니 나로 말미암지 않고서는 아버지께로 올 자가 없느니라 |

| John 14:6 | Jesus answered, "I am the way and the truth and the life. No one comes to the Father except through me." |

요한복음 14:6

John 14:6

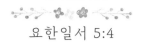

요한일서 5:4

뭇 하나님께로 부터
난 자마다 세상에 이기느니라
세상을 이기는 승리는 이것이니
우리의 믿음이니라

요한일서 5장 4절

요한일서 5:4 　　무릇 하나님께로 부터 난 자마다 세상에 이기느니라 세상을 이기는
　　　　　　　　승리는 이것이니 우리의 믿음이니라

1 John 5:4 　　for everyone born of God overcomes the world. This is the
　　　　　　　victory that has overcome the world, even our faith.

요한일서 5:4

1 John 5:4

시편 2:8

시편 2편 8절

시편 2:8	내게 구하라 내가 이방나라를 네 유업으로 주리니 네 소유가 땅 끝까지 이르리로다
Psalms 2:8	Ask of me, and I will make the nations your inheritance, the ends of the earth your possession.

시편 2:8

Psalms 2:8

로마서 10:13

누구든지 주의 이름을 부르는 자는 구원을 받으리라

로마서
10장 13절

로마서 10:13	누구든지 주의 이름을 부르는 자는 구원을 받으리라

Romans 10:13	for, "Everyone who calls on the name of the Lord will be saved."

로마서 10:13

Romans 10:13

데살로니가전서 5:16-18

항상 기뻐하라 쉬지말고 기도하라
범사에 감사하라
이는 그리스도 예수 안에서
너희를 향하신 하나님의 뜻이니라

데살로니가전서 5장 16-18절

데살로니가전서 5:16-18	항상 기뻐하라 쉬지말고 기도하라 범사에 감사하라 이는 그리스도 예수 안에서 너희를 향하신 하나님의 뜻이니라
1 Thessalonians 5:16-18	Be joyful always pray continually give thanks in all circumstances, for this is God's will for you in Christ Jesus.

데살로니가전서
5:16-18

1 Thessalonians
5:16-18

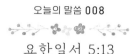

요한일서 5:13

내가 하나님의 아들의 이름을 믿는
너희에게 이것을 쓰는 것은
너희로 하여금 너희에게
영생이 있음을 알게 하려 함이라

요한일서 5장 13절

요한일서 5:13	내가 하나님의 아들의 이름을 믿는 너희에게 이것을 쓰는 것은 너희로 하여금 너희에게 영생이 있음을 알게 하려 함이라
1 John 5:13	I write these things to you who believe in the name of the Son of God so that you may know that you have eternal life.

요한일서 5:13

1 John 5:13

우리에게 승리를 주시는
하나님께 감사하노니

고린도전서 15장 57절

고린도전서 15:57   우리 주 예수 그리스도로 말미암아 우리에게 승리를 주시는 하나님께 감사하노니

1 Corinthians 15:57   But thanks be to God! He gives us the victory through our Lord Jesus Christ.

고린도전서 15:57

1 Corinthians 15:57

시편 121:2

| 시편 121:2 | 나의 도움은 천지를 지으신 여호와에게서로다 |

| Psalms 121:2 | My help comes from the LORD, the Maker of heaven and earth. |

시편 121:2

Psalms 121:2

사무엘하 7:29

사무엘하 7:29	이제 청하건대 종의 집에 복을 주사 주 앞에 영원히 있게 하옵소서 주 여호와께서 말씀하셨사오니 주의 종의 집이 영원히 복을 받게 하옵 소서 하니라
2 Samuel 7:29	Now be pleased to bless the house of your servant, that it may continue forever in your sight; for you, O Sovereign LORD, have spoken, and with your blessing the house of your servant will be blessed forever.

사무엘하 7:29

2 Samuel 7:29

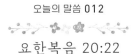

요한복음 20:22

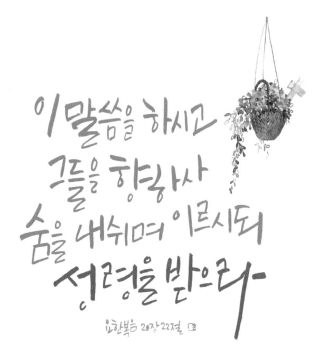

요한복음 20:22	이 말씀을 하시고 그들을 향하사 숨을 내쉬며 이르시되 성령을 받으라
John 20:22	And with that he breathed on them and said, "Receive the Holy Spirit."

요한복음 20:22

John 20:22

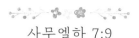

사무엘하 7:9

네가 가는 모든 곳에서
내가 너와 함께 있어
네 모든 원수를
네 앞에서 멸하였은즉
땅에서 위대한 자들의 이름 같이
네 이름을 위대하게
만들어 주리라

사무엘하 7장 9절

사무엘하 7:9	네가 가는 모든 곳에서 내가 너와 함께 있어 네 모든 원수를 네 앞에서 멸하였은즉 땅에서 위대한 자들의 이름 같이 네 이름을 위대하게 만들어 주리라
2 Samuel 7:9	I have been with you wherever you have gone, and I have cut off all your enemies from before you. Now I will make your name great, like the names of the greatest men of the earth.

사무엘하 7:9

2 Samuel 7:9

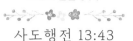

사도행전 13:43

항상 하나님의
은혜 가운데 있으라

사도행전 13장 43절

사도행전 13:43	회당의 모임이 끝난 후에 유대인과 유대교에 입교한 경건한 사람들이 많이 바울과 바나바를 따르니 두 사도가 더불어 말하고 항상 하나님의 은혜 가운데 있으라
Acts 13:43	When the congregation was dismissed, many of the Jews and devout converts to Judaism followed Paul and Barnabas, who talked with them and urged them to continue in the grace of God.

사도행전 13:43

Acts 13:43

마가복음 11:24

그러므로 내가 너희에게 말하노니
무엇이든지 구하는 것은 받은 줄로 믿으라
그리하면 너희에게 그대로 되리라

마가복음 11장 24절

마가복음 11:24	그러므로 내가 너희에게 말하노니 무엇이든지 구하는 것은 받은 줄로 믿으라 그리하면 너희에게 그대로 되리라
Mark 11:24	Therefore I tell you, whatever you ask for in prayer, believe that you have received it, and it will be yours.

마가복음 11:24

Mark 11:24

고린도전서 15:20

그리스도께서 죽은 자 가운데서
다시 살아나사 잠자는 자들의
첫 열매가 되셨도다

고린도전서 15장 20절

고린도전서 15:20   그러나 이제 그리스도께서 죽은 자 가운데서 다시 살아나사 잠자는 자들의 첫 열매가 되셨도다

1 Corinthians 15:20   But Christ has indeed been raised from the dead, the firstfruits of those who have fallen asleep.

고린도전서 15:20

1 Corinthians 15:20

빌립보서 4:13

빌립보서 4:13   내게 능력 주시는 자 안에서 내가 모든 것을 할 수 있느니라

Philippians 4:13   I can do everything through him who gives me strength.

빌립보서 4:13

Philippians 4:13

에베소서 2:8

에베소서 2:8   너희는 그 은혜에 의하여 믿음으로 말미암아 구원을 받았으니 이 것
은 너희에게서 난 것이 아니요 하나님의 선물이라

Ephesians 2:8   For it is by grace you have been saved, through faith--and this
not from yourselves, it is the gift of God--

에베소서 2:8

Ephesians 2:8

골로새서 4:2

기도를 계속하고
기도에 감사함으로
깨어있으라

골로새서 4장 2절

골로새서 4:2   기도를 계속하고 기도에 감사함으로 깨어있으라

Colossians 4:2   Devote yourselves to prayer, being watchful and thankful.

골로새서 4:2

Colossians 4:2

여호수아 1:5

네 평생에 너를 대적할 자가
없으리니 내가 모세와
함께 있었던 것 같이
너와 함께 있을 것임이니라
내가 너를 떠나지 아니하며
버리지 아니하리니

여호수아 1장 5절

여호수아 1:5 네 평생에 너를 능히 대적할 자가 없으리니 내가 모세와 함께 있었던 것 같이 너와 함께 있을 것임이니라 내가 너를 떠나지 아니하며 버리지 아니하리니

Joshua 1:5 No one will be able to stand up against you all the days of your life. As I was with Moses, so I will be with you; I will never leave you nor forsake you.

여호수아 1:5

Joshua 1:5

요한복음 6:29

예수께서 대답하여 이르시되 하나님께서 보내신 이를 믿는 것이 하나님의 일이니라 하시니

요한복음 6장 29절

요한복음 6:29	예수께서 대답하여 이르시되 하나님께서 보내신 이를 믿는 것이 하나님의 일이니라 하시니
John 6:29	Jesus answered, "The work of God is this: to believe in the one he has sent."

요한복음 6:29

John 6:29

사도행전 16:31

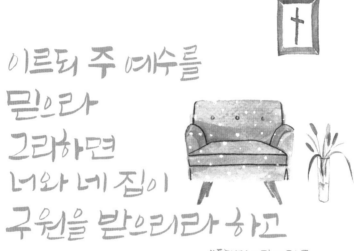

이르되 주 예수를 믿으라 그리하면 너와 네 집이 구원을 받으리라 하고

사도행전 16장 31절

사도행전 16:31 이르되 주 예수를 믿으라 그리하면 너와 네 집이 구원을 받으리라 하고

Acts 16:31 They replied, "Believe in the Lord Jesus, and you will be saved--you and your household."

사도행전 16:31

Acts 16:31

잠언 11:25

구제를 좋아하는 자는
풍족하여질 것이요
남을 유택하게 하는 자는
자기도 유택하여지리라~

잠언 11장 25절

잠언 11:25 　　　구제를 좋아하는 자는 풍족하여질 것이요 남을 윤택하게 하는 자는
　　　　　　　자기도 윤택하여지리라

Proverbs 11:25　　A generous man will prosper; he who refreshes others will
　　　　　　　himself be refreshed.

잠언 11:25

Proverbs 11:25

마태복음 16:18

또 내가 네게 이르노니
너는 베드로라
내가 이 반석 위에
내 교회를 세우리니
음부의 권세가
이기지 못하리라

마태복음 16장 18절

마태복음 16:18 또 내가 네게 이르노니 너는 베드로라 내가 이 반석 위에 내 교회를 세우리니 음부의 권세가 이기지 못하리라

Matthew 16:18 And I tell you that you are Peter, and on this rock I will build my church, and the gates of Hades will not overcome it.

마태복음 16:18

....
....
....
....

Matthew 16:18

....
....
....
....

골로새서 3:17

또 무엇을 하던지
말에나 일에나
다 주 예수의 이름으로 하고
그를 힘입어
하나님 아버지께
감사하라

골로새서 3장 17절

골로새서 3:17   또 무엇을 하던지 말에나 일에나 다 주 예수의 이름으로 하고 그를 힘
입어 하나님께 감사하라

Colossians 3:17   And whatever you do, whether in word or deed, do it all in
the name of the Lord Jesus, giving thanks to God the Father
through him.

골로새서 3:17

Colossians 3:17

2장

내 마음을 다 아시는 주님

위로와 치유

예 레 미 야 29:13

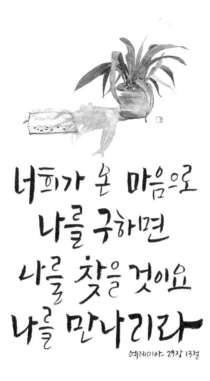

너희가 온 마음으로
나를 구하면
나를 찾을 것이요
나를 만나리라

예레미야 29장 13절

예레미야 29:13   너희가 온 마음으로 나를 구하면 나를 찾을 것이요 나를 만나리라

Jeremiah 29:13   And ye shall seek me, and find me, when ye shall search for me with all your heart.

에레미야 29:13

Jeremiah 29:13

베드로전서 5:7

너희 염려를 다 주께 맡기라
이는 그가 너희를 돌보심이라

베드로전서 5장 7절

베드로전서 5:7   너희 염려를 다 주께 맡기라 이는 그가 너희를 돌보심이라

1 Peter 5:7   Cast all your anxiety on him because he cares for you.

베드로전서 5:7

1 Peter 5:7

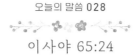

이사야 65:24

그들이 부르기 전에
내가 응답 하겠고
그들이 말을 마치기 전에
내가 들을 것이며

이사야 65장 24절

이사야 65:24	그들이 부르기 전에 내가 응답 하겠고 그들이 말을 마치기 전에 내가 들을 것이며
Isaiah 65:24	Before they call I will answer; while they are still speaking I will hear.

이사야 65:24

Isaiah 65:24

시편 29:11

여호와께서 자기 백성에게
힘을 주심이여
여호와께서 자기 백성에게
평강의 복을 주시리로다

시편 29편 11절

시편 29:11   여호와께서 자기 백성에게 힘을 주심이여 여호와께서 자기 백성에게 평강의 복을 주시리로다

Psalms 29:11   The LORD gives strength to his people; the LORD blesses his people with peace.

시편 29:11

Psalms 29:11

고린도전서 10:13

사람이 감당할 시험 밖에는
너희가 당한 것이 없나니
오직 하나님은 미쁘사
너희가 감당하지 못할
시험 당함을 허락하지
아니하시고 시험 당할 즈음에
또한 피할 길을 내사
너희로 능히 감당하게 하시느니라

고린도전서 10장 13절

고린도전서 10:13 사람이 감당할 시험 밖에는 너희가 당한 것이 없나니 오직 하나님은 미쁘사 너희가 감당하지 못할 시험 당함을 허락하지 아니하시고 시험 당할 즈음에 또한 피할 길을 내사 너희로 능히 감당하게 하시느니라

1 Corinthians 10:13 No temptation has seized you except what is common to man. And God is faithful; he will not let you be tempted beyond what you can bear. But when you are tempted, he will also provide a way out so that you can stand up under it.

고린도전서 10:13

1 Corinthians 10:13

예레미야 33:3

너는 내게 부르짖으라
내가 네게 응답하겠고
네가 알지 못하는
크고 은밀한 일을
네게 보이리라

예레미야 33장 3절

예레미야 33:3　너는 내게 부르짖으라 내가 네게 응답하겠고 네가 알지 못하는 크고
은밀한 일을 네게 보이리라

Jeremiah 33:3　'Call to me and I will answer you and tell you great and un-
searchable things you do not know.'

예레미야 33:3

Jeremiah 33:3

누가복음 24:38

예수께서 이르시되
어찌하여 두려워하며
어찌하여
마음에 의심이
일어나느냐

누가복음 24장 38절

누가복음 24:38 　　　예수께서 이르시되 어찌하여 두려워하며 어찌하여 마음에 의심이 일
　　　　　　　　　　어나느냐

Luke 24:38 　　　He said to them, "Why are you troubled, and why do doubts
　　　　　　　　　rise in your minds?"

누가복음 24:38

Luke 24:38

출애굽기 33:14

출애굽기 33:14   여호와께서 이르시되 내가 친히 가리라 내가 너를 쉬게 하리라

Exodus 33:14   The LORD replied, "My Presence will go with you, and I will give you rest."

출애굽기 33:14

Exodus 33:14

요한계시록 14:13

또 내가 들으니 하늘에서 음성이 나서
이르되 기록하라 지금 이후로 주 안에서
죽는 자들은 복이 있도다 하시매
성령이 이르시되 그러하다
그들이 수고를 그치고 쉬리니
이는 그들의 행한 일이 따름이라 하시더라

요한계시록 14장 13절

요한계시록 14:13 또 내가 들으니 하늘에서 음성이 나서 이르되 기록하라 지금 이후로 주 안에서 죽는 자들은 복이 있도다 하시매 성령이 이르시되 그러하다 그들이 수고를 그치고 쉬리니 이는 그들의 행한 일이 따름이라 하시더라

Revelation 14:13 Then I heard a voice from heaven say, "Write: Blessed are the dead who die in the Lord from now on." "Yes," says the Spirit, "they will rest from their labor, for their deeds will follow them."

요한계시록 14:13

Revelation 14:13

고린도전서 15:58

그러므로 내 사랑하는 형제들아 견실하며 흔들리지 말고 항상 주의 일에 더욱 힘쓰는 자들이 되라 이는 너희 수고가 주 안에서 헛되지 않은 줄 앎이라

고린도전서 15장 58절

고린도전서 15:58 그러므로 내 사랑하는 형제들아 견실하며 흔들리지 말고 항상 주의 일에 더욱 힘쓰는 자들이 되라 이는 너희 수고가 주 안에서 헛되지 않은 줄 앎이라

1 Corinthians 15:58 Therefore, my dear brothers, stand firm. Let nothing move you. Always give yourselves fully to the work of the Lord, because you know that your labor in the Lord is not in vain.

고린도전서 15:58 ....
....
....

1 Corinthians 15:58 ....
....
....
....

야고보서 1:5

너희 중에 누구든지
지혜가 부족하거든
모든 사람에게 후히 주시고
꾸짖지 아니하시는 하나님께
구하라 그리하면 주시리라

야고보서 1장 5절.

야고보서 1:5

너희 중에 누구든지 지혜가 부족하거든 모든 사람에게 후히 주시고
꾸짖지 아니하시는 하나님께 구하라 그리하면 주시리라

James 1:5

If any of you lacks wisdom, he should ask God, who gives gen-
erously to all without finding fault, and it will be given to him.

아고보서 1:5

James 1:5

마태복음 7:7

구하라 그리하면
너희에게 주실 것이요
찾으라
그리하면 찾아낼 것이요
문을 두드리라
그리하면 너희에게
열릴 것이니

마태복음 7장 7절

마태복음 7:7	구하라 그리하면 너희에게 주실 것이요 찾으라 그리하면 찾아낼 것이요 문을 두드리라 그리하면 너희에게 열릴 것이니
Matthew 7:7	Ask and it will be given to you; seek and you will find; knock and the door will be opened to you.

마태복음 7:7

Matthew 7:7

고린도후서 2:4

내가 마음에 큰 눌림과 걱정이 있어
많은 눈물로 너희에게 썼노니
이는 너희로 근심하게 하려 한 것이 아니요
오직 내가 너희를 향하여
넘치는 사랑이 있음을
너희로 알게 하려 함이라

고린도후서 2장 4절

고린도후서 2:4 내가 마음에 큰 눌림과 걱정이 있어 많은 눈물로 너희에게 썼노니 이는 너희로 근심하게 하려 한 것이 아니요 오직 내가 너희를 향하여 넘치는 사랑이 있음을 너희로 알게 하려 함이라

2 Corinthians 2:4 For I wrote you out of great distress and anguish of heart and with many tears, not to grieve you but to let you know the depth of my love for you.

고린도후서 2:4

2 Corinthians 2:4

아가 2:10

아가 2:10 나의 사랑하는 자가 내게 말하여 이르기를 나의 사랑, 내 어여쁜 자야 일어나서 함께 가자

Song of Songs 2:10 My lover spoke and said to me, "Arise, my darling, my beautiful one, and come with me."

아가 2:10

Song of Songs 2:10

베드로전서 5:6

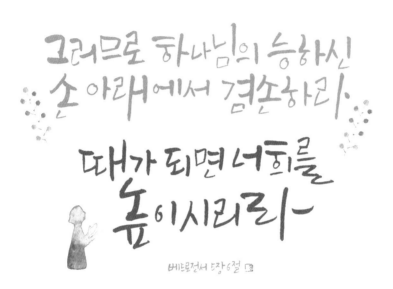

베드로전서 5:6   그러므로 하나님의 능하신 손 아래에서 겸손하라 때가 되면 너희를 높이시리라

1 Peter 5:6   Humble yourselves, therefore, under God's mighty hand, that he may lift you up in due time.

베드로전서 5:6

1 Peter 5:6

예레미야 29:12

너희가 내게 부르짖으며
내게 와서 기도하면
내가 너희들의
기도를
들을 것이요

예레미야 29장 12절

예레미야 29:12	너희가 내게 부르짖으며 내게 와서 기도하면 내가 너희들의 기도를 들을 것이요
Jeremiah 29:12	Then you will call upon me and come and pray to me, and I will listen to you.

예레미야 29:12

Jeremiah 29:12

시 편 34:15

여호와의 눈은 의인을 향하시고
그의 귀는 그들의 부르짖음에
기울이시는도다

시편 34편 15절

시편 34:15	여호와의 눈은 의인을 향하시고 그의 귀는 그들의 부르짖음에 기울이시는도다
Psalms 34:15	The eyes of the LORD are on the righteous and his ears are attentive to their cry;

시편 34:15

Psalms 34:15

마가복음 9:29

이르시되

기도

외에 다른 것으로는 이런 종류가 나갈 수 없느니라 하시니라

마가복음 9장 29절

마가복음 9:29	이르시되 기도 외에 다른 것으로는 이런 종류가 나갈 수 없느니라 하시니라
Mark 9:29	He replied, "This kind can come out only by prayer."

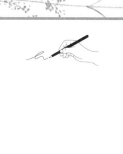

마가복음 9:29 ....
....
....

Mark 9:29 ....
....
....
....

빌립보서 4:6

야무것도 염려하지 말고
다만 모든 일에 기도와 간구로
너희 구할 것을 감사함으로
하나님께 아뢰리

빌립보서 4장 6절

빌립보서 4:6   아무 것도 염려하지 말고 다만 모든 일에 기도와 간구로 너희 구할 것을 감사함으로 하나님께 아뢰라

Philippians 4:6   Do not be anxious about anything, but in everything, by prayer and petition, with thanksgiving, present your requests to God.

빌립보서 4:6

Philippians 4:6

나훔 1:7

여호와는 선하시며
환난 날에 산성이시라
그는 자기에게 피하는
자들을 아시느니라

나훔 1장 7절

나훔 1:7

여호와는 선하시며 환난 날에 산성이시라 그는 자기에게 피하는 자들을 아시느니라

Nahum 1:7

The LORD is good, a refuge in times of trouble. He cares for those who trust in him.

나훔 1:7

Nahum 1:7

마태복음 18:20

두세 사람이
내 이름으로 모인 곳에는
나도 그들 중에 있느니라

마태복음 18장 20절

마태복음 18:20   두 세 사람이 내 이름으로 모인 곳에는 나도 그들 중에 있느니라

Matthew 18:20   For where two or three come together in my name, there am
I with them."

마태복음 18:20

Matthew 18:20

시 편 42:1

하나님이여
사슴이 시냇물을 찾기에
갈급함 같이 내 영혼이 주를
찾기에 갈급하나이다

시편 42편 1절

시편 42:1	하나님이여 사슴이 시냇물을 찾기에 갈급함 같이 내 영혼이 주를 찾기에 갈급하나이다

Psalms 42:1	As the deer pants for streams of water, so my soul pants for you, O God.

시편 42:1

Psalms 42:1

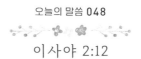

이사야 2:12

대저 만군의 여호와의 날이
모든 교만한 자와 거만한 자와
자고한 자에게 임하리니
그들이 낮아지리라

이사야 2장 12절

이사야 2:12 대저 만군의 여호와의 날이 모든 교만한 자와 거만한 자와 자고한 자
에게 임하리니 그들이 낮아지리라

Isaiah 2:12 The LORD Almighty has a day in store for all the proud and
lofty, for all that is exalted (and they will be humbled).

이사야 2:12

Isaiah 2:12

시편 37:16

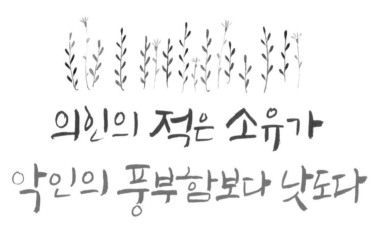

시편 37:16   의인의 적은 소유가 악인의 풍부함보다 낫도다

Psalms 37:16   Better the little that the righteous have than the wealth of many wicked.

시편 37:16

Psalms 37:16

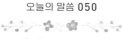

시편 30:10-11

SEKVE
Community
Church♥

여호와여 들으시고 내게 은혜를 베푸소서
여호와여 나를 돕는 자가 되소서 하였나이다
주께서 나의 슬픔이 변하여
내게 춤이 되게 하시며
나의 베옷을 벗기고
기쁨으로 띠 띠우셨나이다

시편 30편 10-11절

시편 30:10-11 여호와여 들으시고 내게 은혜를 베푸소서 여호와여 나를 돕는 자가
되소서 하였나이다 주께서 나의 슬픔이 변하여 내게 춤이 되게 하시
며 나의 베옷을 벗기고 기쁨으로 띠 띠우셨나이다

Psalms 30:10-11 Hear, O LORD, and be merciful to me; O LORD, be my help.
You turned my wailing into dancing; you removed my sack-
cloth and clothed me with joy.

S2RVE
Community
Church♥

시편 30:10-11

Psalms 30:10-11

오늘의 말씀 051

잠언 16:32

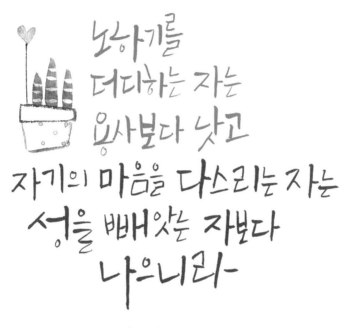

잠언 16장 32절

잠언 16:32

노하기를 더디하는 자는 용사보다 낫고 자기의 마음을 다스리는 자는 성을 빼앗는 자보다 나으니라

Proverbs 16:32

Better a patient man than a warrior, a man who controls his temper than one who takes a city.

잠언 16:32

Proverbs 16:32

3장

나의 선한 목자이신 주님

인도와 보호

오늘의 말씀 052

전도서 4:9

두 사람이 한 사람보다
나음은 그들이 수고함으로
좋은 상을 얻을 것임이라

전도서 4장 9절

전도서 4:9　　　두 사람이 한 사람보다 나음은 그들이 수고함으로 좋은 상을 얻을 것
　　　　　　　임이라

Ecclesiastes 4:9　　Two are better than one, because they have a good return for
　　　　　　　their work

전도서 4:9

Ecclesiastes 4:9

마태복음 11:28

수고하고
무거운 짐 진 자들아
다 내게로 오라
내가 너희를
쉬게 하리라

마태복음 11장 28절

마태복음 11:28	수고하고 무거운 짐 진 자들아 다 내게로 오라 내가 너희를 쉬게 하리라
Matthew 11:28	Come to me, all you who are weary and burdened, and I will give you rest.

마태복음 11:28

Matthew 11:28

이사야 52:12

여호와께서 너희 앞에서
행하시며 이스라엘의 하나님이
너희 뒤에서 호위하시리니
너희가 황급히 나오지 아니하며
도망하듯 다니지 아니하리라

이사야 52장 12절

이사야 52:12	여호와께서 너희 앞에서 행하시며 이스라엘의 하나님이 너희 뒤에서 호위하시리니 너희가 황급히 나오지 아니하며 도망하듯 다니지 아니하리라
Isaiah 52:12	But you will not leave in haste or go in flight; for the LORD will go before you, the God of Israel will be your rear guard.

이사야 52:12

Isaiah 52:12

시편 23:1

시편 23:1	여호와는 나의 목자시니 내게 부족함이 없으리로다

| Psalms 23:1 | The LORD is my shepherd, I shall not be in want. |

시편 23:1

Psalms 23:1

....
....
....
....
....
....
....

누가복음 22:46

이르시되
어찌하여 자느냐
시험에 들지않게
일어나 기도하라
하시니라

누가복음 22장 46절

누가복음 22:46 이르시되 어찌하여 자느냐 시험에 들지 않게 일어나 기도하라 하시니라

Luke 22:46 And said unto them, Why sleep ye? rise and pray, lest ye enter into temptation.

누가복음 22:46

Luke 22:46

잠언 3:26

잠언 3:26	대저 여호와는 네가 의지할 이시니라 네 발을 지켜 걸리지 않게 하시리라
Proverbs 3:26	for the LORD will be your confidence and will keep your foot from being snared.

잠언 3:26

Proverbs 3:26

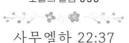

사무엘하 22:37

내 걸음을
넓게 하셨고
내 발이 미끄러지지
아니하게 하셨나이다

사무엘하 22장 37절

사무엘하 22:37   내 걸음을 넓게 하셨고 내 발이 미끄러지지 아니하게 하셨나이다

2 Samuel 22:37   You broaden the path beneath me, so that my ankles do not turn.

사무엘하 22:37

2 Samuel 22:37

디모데후서 3:16-17

모든 성경은 하나님의 감동으로
된 것으로 교훈과 책망과
바르게 함과 의로 교육하기에
유익하니 이는 하나님의 사람으로
온전하게 하며 모든 선한 일을
행할 능력을 갖추게 하려 함이라

디모데후서 3장 16-17절

디모데후서 3:16-17   모든 성경은 하나님의 감동으로 된 것으로 교훈과 책망과 바르게 함과 의로 교육하기에 유익하니 이는 하나님의 사람으로 온전하게 하며 모든 선한 일을 행할 능력을 갖추게 하려 함이라

2 Timothy 3:16-17   All Scripture is God-breathed and is useful for teaching, rebuking, correcting and training in righteousness, so that the man of God may be thoroughly equipped for every good work.

디모데후서 3:16-17

2 Timothy 3:16-17

에베소서 4:29

무릇 더러운 말은 너희 입 밖에도
내지 말고 오직 덕을 세우는 데
소용되는 대로 선한 말을 하여
듣는 자들에게 은혜를 끼치게 하라

에베소서 4장 29절

에베소서 4:29 무릇 더러운 말은 너희 입 밖에도 내지 말고 오직 덕을 세우는 데 소용
되는 대로 선한 말을 하여 듣는 자들에게 은혜를 끼치게 하라

Ephesians 4:29 Do not let any unwholesome talk come out of your mouths, but
only what is helpful for building others up according to their
needs, that it may benefit those who listen.

에베소서 4:29

Ephesians 4:29

사무엘하 5:10

만군의 하나님
여호와께서 함께 계시니
다윗이 점점 강성하여
가니라

사무엘하 5장 10절

사무엘하 5:10   만군의 하나님 여호와께서 함께 계시니 다윗이 점점 강성하여 가니라

2 Samuel 5:10   And he became more and more powerful, because the LORD God Almighty was with him.

사무엘하 5:10

2 Samuel 5:10

오늘의 말씀 062

잠언 16:9

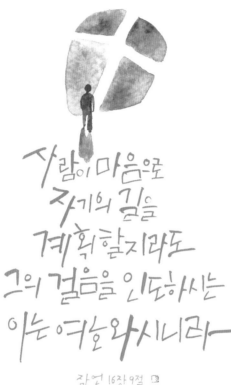

잠언 16:9	사람이 마음으로 자기의 길을 계획할지라도 그의 걸음을 인도하시는 이는 여호와시니라
Proverbs 16:9	In his heart a man plans his course, but the LORD determines his steps.

잠언 16:9

Proverbs 16:9

여호수아 1:8

이 율법책을 네 입에서
떠나지 말게 하며
주야로 그것을 묵상하여
그 안에 기록된 대로
다 지켜 행하라
그리하면 네 길이 평탄하게
될 것이며 네가 형통하리라

여호수아 1장 8절

여호수아 1:8 이 율법책을 네 입에서 떠나지 말게 하며 주야로 그것을 묵상하여 그 안에 기록된 대로 다 지켜 행하라 그리하면 네 길이 평탄하게 될 것이며 네가 형통하리라

Joshua 1:8 Do not let this Book of the Law depart from your mouth; meditate on it day and night, so that you may be careful to do everything written in it. Then you will be prosperous and successful.

여호수아 1:8

Joshua 1:8

시편 37:5-6

네 길을 여호와께 맡기라
그를 의지하면 그가 이루시고
네 의를 빛 같이 나타내시며
네 공의를 정오의 빛같이 하시리로다

시편 37편 5-6절

시편 37:5-6

네 길을 여호와께 맡기라 그를 의지하면 그가 이루시고 네 의를 빛같이 나타내시며 네 공의를 정오의 빛같이 하시리로다

Psalms 37:5-6

Commit your way to the LORD; trust in him and he will do this: He will make your righteousness shine like the dawn, the justice of your cause like the noonday sun.

시편 37:5-6

Psalms 37:5-6

마태복음 4:4

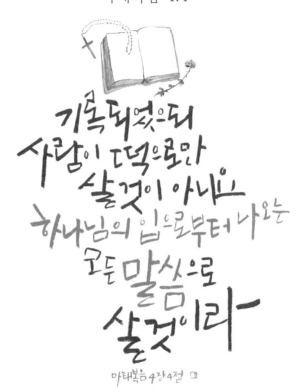

기록되었으되 사람이 떡으로만 살 것이 아니요 하나님의 입으로부터 나오는 모든 말씀으로 살 것이라

마태복음 4장4절

마태복음 4:4　기록되었으되 사람이 떡으로만 살 것이 아니요 하나님의 입으로부터 나오는 모든 말씀으로 살 것이라

Matthew 4:4　Jesus answered, "It is written: 'Man does not live on bread alone, but on every word that comes from the mouth of God.'"

마태복음 4:4

Matthew 4:4

역대상 11:9

만균의 여호와께서
함께 계시니
다윗이 점점
강성하여 가니라

역대상 11장 9절

역대상 11:9 　　　　만군의 여호와께서 함께 계시니 다윗이 점점 강성하여 가니라

1 Chronicles 11:9 　　And David became more and more powerful, because the LORD Almighty was with him.

역대상 11:9

1 Chronicles 11:9

고린도전서 13:13

고린도전서 13:13   그런즉 믿음 소망 사랑 이 세 가지는 항상 있을 것인데 그 중의 제일
은 사랑이라

1 Corinthians 13:13   And now these three remain: faith, hope and love. But the
greatest of these is love.

고린도전서 13:13

1 Corinthians 13:13

욥기 8:7

욥기 8:7   네 시작은 미약하였으나 네 나중은 심히 창대하리라

Job 8:7   Your beginnings will seem humble, so prosperous will your future be.

욥기 8:7

Job 8:7

베드로후서 1:8

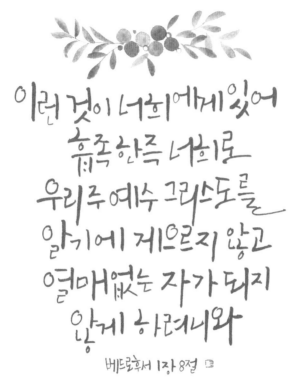

베드로후서 1:8   이런 것이 너희에게 있어 흡족한즉 너희로 우리 주 예수 그리스도를
알기에 게으르지 않고 열매 없는 자가 되지 않게 하려니와

2 Peter 1:8   For if you possess these qualities in increasing measure, they
will keep you from being ineffective and unproductive in your
knowledge of our Lord Jesus Christ.

베드로후서 1:8

2 Peter 1:8

마태복음 18:4

그러므로 누구든지
이 어린 아이와 같이
자기를 낮추는 사람이
천국 에서
큰 자니라

마태복음 18장 4절

마태복음 18:4 그러므로 누구든지 이 어린 아이와 같이 자기를 낮추는 사람이 천국에서 큰 자니라

Matthew 18:4 Therefore, whoever humbles himself like this child is the greatest in the kingdom of heaven.

마태복음 18:4

Matthew 18:4

로마서 8:6

육신의 생각은 사망이요
영의 생각은
생명과 평안이니라

로마서 8장 6절

로마서 8:6   육신의 생각은 사망이요 영의 생각은 생명과 평안이니라

Romans 8:6   The mind governed by the flesh is death, but the mind governed by the Spirit is life and peace.

로마서 8:6

Romans 8:6

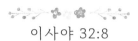

이사야 32:8

존귀한 자는 존귀한 일을 계획하나니
그는 항상 존귀한 일에 서리라

이사야 32장 8절

이사야 32:8	존귀한 자는 존귀한 일을 계획하나니 그는 항상 존귀한 일에 서리라
Isaiah 32:8	But the noble man makes noble plans, and by noble deeds he stands.

이사야 32:8

Isaiah 32:8

시 편 31:24

여호와를 바라는 너희들아 강하고 담대하라

시편 31편 24절

시편 31:24   여호와를 바라는 너희들아 강하고 담대하라

Psalms 31:24   Be strong and take heart, all you who hope in the LORD.

시편 31:24

Psalms 31:24

사도행전 1:8

오직 성령이 너희에게 임하시면
너희가 권능을 받고 예루살렘과
온 유대와 사마리아와
땅 끝까지 이르러
내 증인이 되리라

사도행전 1장 8절

사도행전 1:8   오직 성령이 너희에게 임하시면 너희가 권능을 받고 예루살렘과 온 유대와 사마리아와 땅 끝까지 이르러 내 증인이 되리라

Acts 1:8   But you will receive power when the Holy Spirit comes on you; and you will be my witnesses in Jerusalem, and in all Judea and Samaria, and to the ends of the earth.

사도행전 1:8

Acts 1:8

디모데전서 4:15

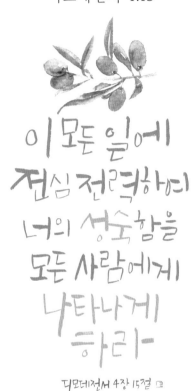

디모데전서 4:15	이 모든 일에 전심 전력하여 너의 성숙함을 모든 사람에게 나타나게 하라
1 Timothy 4:15	Be diligent in these matters; give yourself wholly to them, so that everyone may see your progress.

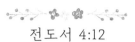

전도서 4:12

한 사람이면 패하겠거니와
두 사람이면 맞설 수 있나니
세 겹 줄은 쉽게 끊어지지 아니하니라

전도서 4장 12절

전도서 4:12
한 사람이면 패하겠거니와 두 사람이면 맞설 수 있나니 세 겹 줄은 쉽게 끊어지지 아니하리라

Ecclesiastes 4:12
Though one may be overpowered, two can defend themselves. A cord of three strands is not quickly broken.

전도서 4:12

....
....
....
....

Ecclesiastes 4:12

....
....
....
....

4장

나의 빛과 구원이신 주님

찬양과 경배

신명기 6:5

신명기 6:5	너는 마음을 다하고 뜻을 다하고 힘을 다하여 네 하나님 여호와를 사랑하라

Deuteronomy 6:5	Love the LORD your God with all your heart and with all your soul and with all your strength.

신명기 6:5 ....

....

....

Deuteronomy 6:5 ....

....

....

....

히브리서 13:15

그러므로 우리는 예수로 말미암아
항상 찬송의 제사를 하나님께 드리지-
이는 그 이름을 증언하는 입술의 열매니라

히브리서 13장 15절

히브리서 13:15	그러므로 우리는 예수로 말미암아 항상 찬송의 제사를 하나님께 드리자 이는 그 이름을 증언하는 입술의 열매니라
Hebrews 13:15	Through Jesus, therefore, let us continually offer to God a sacrifice of praise--the fruit of lips that confess his name.

히브리서 13:15

Hebrews 13:15

여호수아 24:15

여호수아 24:15

만일 여호와를 섬기는 것이 너희에게 좋지 않게 보이거든 너희 조상들이 강 저쪽에서 섬기던 신들이든지 또는 너희가 거주하는 땅에 있는 아모리 족속의 신들이든지 너희가 섬길 자를 오늘 택하라 오직 나와 내 집은 여호와를 섬기겠노라

Joshua 24:15

But if serving the LORD seems undesirable to you, then choose for yourselves this day whom you will serve, whether the gods your forefathers served beyond the River, or the gods of the Amorites, in whose land you are living. But as for me and my household, we will serve the LORD."

여호수아 24:15

Joshua 24:15

야고보서 2:17

행함이 없는 믿음은
그 자체가 죽은 것이라
야고보서 2장 17절

야고보서 2:17   행함이 없는 믿음은 그 자체가 죽은 것이라

James 2:17   In the same way, faith by itself, if it is not accompanied by action, is dead.

야고보서 2:17

James 2:17

....

....

....

....

....

....

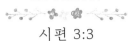

오늘의 말씀 081

시편 3:3

여호와여 주는 나의 방패시요
나의 영광이시요
나의 머리를 드시는 자이시니이다

시편 3편 3절

시편 3:3	여호와여 주는 나의 방패시요 나의 영광이시요 나의 머리를 드시는 자이시니이다
Psalms 3:3	But you are a shield around me, O LORD; you bestow glory on me and lift up my head.

시편 3:3

Psalms 3:3

이사야 26:4

이사야 26:4

너희는 여호와를 영원히 신뢰하라 주 여호와는 영원한 반석이심이 로다

Isaiah 26:4

Trust ye in the LORD for ever: for in the LORD JEHOVAH is everlasting strength.

이사야 26:4

Isaiah 26:4

역대상 16:31

하늘은 기뻐하고
땅은 즐거워하며
모든 나라 중에서는 이르기를
여호와께서 통치하신다
할지로다

역대상 16장 31절

역대상 16:31 하늘은 기뻐하고 땅은 즐거워하며 모든 나라 중에서는 이르기를 여호와께서 통치하신다 할지로다

1 Chronicles 16:31 Let the heavens rejoice, let the earth be glad; let them say among the nations, "The LORD reigns!"

역대상 16:31

1 Chronicles 16:31

잠언 19:21

사람의 마음에는 많은 계획이 있어도
오직 여호와의 뜻만이 완전히
서리라

잠언 19장 21절

잠언 19:21   사람의 마음에는 많은 계획이 있어도 오직 여호와의 뜻만이 완전히
             서리라

Proverbs 19:21   Many are the plans in a man's heart, but it is the LORD's pur-
                  pose that prevails.

잠언 19:21

Proverbs 19:21

요한복음 17:17

그들을 진리로 거룩하게 하옵소서
아버지의 말씀은 진리니이다

요한복음 17장 17절

요한복음 17:17   그들을 진리로 거룩하게 하옵소서 아버지의 말씀은 진리니이다

John 17:17   Sanctify them by the truth; your word is truth.

요한복음 17:17

John 17:17

시편 18:1

시편 18:1   나의 힘이신 여호와여 내가 주를 사랑하나이다

Psalms 18:1   I love you, O LORD, my strength.

시편 18:1

Psalms 18:1

레위기 19:18

원수를 갚지 말며
동포를 원망하지 말며
네 이웃 사랑하기를
네 자신과 같이 사랑하라
나는 여호와이니라

레위기 19장 18절

레위기 19:18

원수를 갚지 말며 동포를 원망하지 말며 네 이웃을 사랑하기를 네 자신과 같이 사랑하라 나는 여호와이니라

Leviticus 19:18

Do not seek revenge or bear a grudge against one of your people, but love your neighbor as yourself. I am the LORD.

레위기 19:18

Leviticus 19:18

누가복음 2:52

예수는 지혜와 키가 자라가며
하나님과 사람에게
더욱 사랑스러워
가시더라

누가복음 2장 52절

누가복음 2:52   예수는 지혜와 키가 자라가며 하나님과 사람에게 더욱 사랑스러워
가시더라

Luke 2:52   And Jesus grew in wisdom and stature, and in favor with God
and men.

누가복음 2:52

Luke 2:52

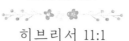

오늘의 말씀 089

히브리서 11:1

믿음은 바라는 것들의 실상이요

보이지 않는 것들의 증거니

히브리서 11장 1절

히브리서 11:1   믿음은 바라는 것들의 실상이요 보이지 않는 것들의 증거니

Hebrews 11:1   Now faith is being sure of what we hope for and certain of what
we do not see.

히브리서 11:1

Hebrews 11:1

마가복음 13:31

마가복음 13:31   천지는 없어지겠으나 내 말은 없어지지 아니하리라

Mark 13:31   Heaven and earth will pass away, but my words will never pass away.

마가복음 13:31

Mark 13:31

시편 39:7

주여 이제 내가 무엇을 바라리요 나의 소망은 주께 있나이다

시편 39편 7절

시편 39:7 　　　　　주여 이제 내가 무엇을 바라리요 나의 소망은 주께 있나이다

Psalms 39:7 　　　　　But now, Lord, what do I look for? My hope is in you.

시편 39:7

Psalms 39:7

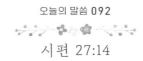

시 편 27:14

시편 27:14 　　　 너는 여호와를 기다릴지어다 강하고 담대하며 여호와를 기다릴지어다

Psalms 27:14 　　　 Wait for the LORD; be strong and take heart and wait for the LORD.

시편 27:14

Psalms 27:14

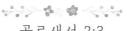

골로새서 2:3

골로새서 2:3	그 안에는 지혜와 지식의 모든 보화가 감추어져 있느니라

Colossians 2:3	In whom are hidden all the treasures of wisdom and knowledge.

골로새서 2:3

Colossians 2:3

시편 16:3

땅에 있는 성도들은
존귀한 자들이니
나의 모든 즐거움이
그들에게 있도다

시편 16편 3절

시편 16:3	땅에 있는 성도들은 존귀한 자들이니 나의 모든 즐거움이 그들에게 있도다
Psalms 16:3	As for the saints who are in the land, they are the glorious ones in whom is all my delight.

시편 16:3

Psalms 16:3

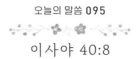

이사야 40:8

이사야 40:8

풀은 마르고 꽃은 시드나 우리 하나님의 말씀은 영원히 서리라 하라

Isaiah 40:8

The grass withers and the flowers fall, but the word of our God stands forever.

이사야 40:8

Isaiah 40:8

이사야 55:6

너희는 여호와를
만날 만한 때에
찾으라
가까이
계실 때에
그를 부르라

사랑이신
나의 주

이사야 55장 6절

이사야 55:6	너희는 여호와를 만날 만한 때에 찾으라 가까이 계실 때에 그를 부르라
Isaiah 55:6	Seek the LORD while he may be found; call on him while he is near.

사랑이신
나의 주

이사야 55:6

Isaiah 55:6

이사야 12:2

보라 하나님은 나의 구원이시라
내가 신뢰하고 두려움이 없으리니
주 여호와는 나의 힘이시며
나의 노래시며 나의 구원이심이라

이사야 12장 2절

이사야 12:2   보라 하나님은 나의 구원이시라 내가 신뢰하고 두려움이 없으리니 주
여호와는 나의 힘이시며 나의 노래시며 나의 구원이심이라

Isaiah 12:2   Surely God is my salvation; I will trust and not be afraid. The
LORD, the LORD, is my strength and my song; he has become
my salvation.

이사야 12:2

Isaiah 12:2

요한복음 17:4

LOVE

아버지께서 내게 하라고
주신 일을 내가 이루어 아버지를
이 세상에서 영화롭게 하였사오니

요한복음 17장 4절

요한복음 17:4   아버지께서 내게 하라고 주신 일을 내가 이루어 아버지를 이 세상에 서 영화롭게 하였사오니

John 17:4   I have brought you glory on earth by completing the work you gave me to do.

LOVE

요한복음 17:4

John 17:4

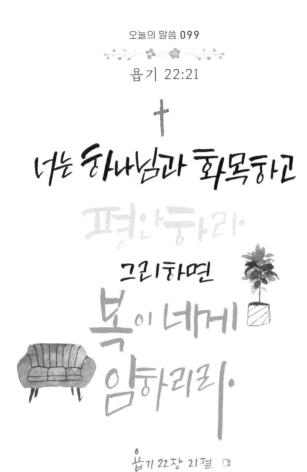

욥기 22:21

너는 하나님과 화목하고 평안하라 그리하면 복이 네게 임하리라

욥기 22장 21절

| 욥기 22:21 | 너는 하나님과 화목하고 평안하라 그리하면 복이 네게 임하리라 |

| Job 22:21 | Submit to God and be at peace with him; in this way prosperity will come to you. |

욥기 22:21

Job 22:21

....
....
....
....
....
....
....

사무엘하 22:29

여호와여 주는 나의 등불이시니
여호와께서
나의 어둠을 밝히시리이다

사무엘하 22장 29절

사무엘하 22:29   여호와여 주는 나의 등불이시니 여호와께서 나의 어둠을 밝히시리
                이다

2 Samuel 22:29   You are my lamp, O LORD; the LORD turns my darkness into
                light.

사무엘하 22:29

2 Samuel 22:29

히브리서 4:16

그러므로 우리는 긍휼하심을 받고
때를 따라 돕는 은혜를
얻기 위하여 은혜의 보좌 앞에
담대히 나아갈 것이니라

히브리서 4장 16절

히브리서 4:16　　　그러므로 우리는 긍휼하심을 받고 때를 따라 돕는 은혜를 얻기 위하
　　　　　　　　　여 은혜의 보좌 앞에 담대히 나아갈 것이니라

Hebrews 4:16　　　Let us then approach the throne of grace with confidence, so
　　　　　　　　　that we may receive mercy and find grace to help us in our
　　　　　　　　　time of need.

히브리서 4:16

Hebrews 4:16